닿음 *Touch*

닿음 *Touch*

양세은 Zipcy 지음

arte

Part 2

Love is touch
사랑은 매일 이렇게, 너에게 닿고 싶은 마음.

프롤로그
Prologue

닿음

살과 살이 맞닿는다.
단순히 물리적인 '접촉, 스침'에 불과할지라도,
그 찰나의 순간 우리는 심장이 단전까지 떨어지기도,
구름 위로 두둥실 떠다니기도, 피가 역류하기도, 미온수를 유영하기도 한다.
이렇듯 만감이 교차되는 신비로운 찰나를 그림에 담아내려 한다.

Touch

Flesh on flesh.
It may only be brief: a graze, or light contact.
But in that split second, it is infinitely more: it clenches your heart,
it takes you above the clouds, it causes a blood rush, it floats you on calm waters.
These illustrations depict that moment of mysterious sensations and a million thoughts.

His story and Her story

그와 그녀의 이야기가 시작됩니다.

처음, 시선이 마주 닿다
The Beginning

그의 이야기

공중을 부유하던 그녀의 시선이 처음 내게 닿았던 순간의 기억.
찰나였지만, 그는 내 망막에 강렬하게 맺혀서 며칠이 지나도 떨어지지 않았다.

his story

I remember when your wondering gaze landed on me for the first time.
It was momentary, but the image of you became vividly etched
on my mind, and lingered for many days after.

그녀의 이야기

다른 곳을 보고 있는데도 느껴지던 그의 시선이
마치 나를 부르는 것만 같아서,
고개를 돌려 바라봤더니
까만 머리카락 사이로 반짝이는 섬광이 나를 향해 있었다.

심장이 쿵— 내려앉았다.

her story

I felt your eyes on me, though I was faced away.
They were calling for me, so I turned around to answer.
Between the curtain of black hair, your gaze was aimed at me,
and I felt my heart drop.

그의 이야기

스쳐 지나간 그녀에게서는
4월의 라일락같이 잠시 머물다가 홀연히 사라지는
연보랏빛 향기가 났다.
문득
그녀의 가슴에 맞닿은 옷깃을, 그 체취를
몰래 간직하고 싶다고 생각했다.

his story

She brushed by, and in the space she had occupied seconds previously,
was a smell of lilacs and April, lavender in color and fleeting.
And I had a thought…
Oh how I would love to keep that scent resting on her chest with me.

그녀의 이야기

햇살 가득한 오후의 베개에 얼굴을 묻어본 적이 있는지.
그 체취 섞인 섬유의 향과 질감이 주는 포근함을 느껴본 적이 있는지.
얼굴을 묻으면 금세 나른해질 것 같은 그 내음에 문득, 그를 꼬옥 안아보고 싶었다.

her story

It's like burying your face in an afternoon pillow filled with sunshine,
it's like that feeling of comfort from smells and the feel of skin and fresh laundry.
It's enough to put me right to a state of comfort, seizing me with a sudden thought of him, and of holding him.

그녀의 이야기

처음 손을 마주 잡기 전,
손가락 사이로 살며시 들어오는 그의 손가락에
왜 그리 떨렸던 걸까.

her story

It was the first time we held hands.
In that moment when his fingers found mine, and slid in between,
I felt a million butterflies in my stomach.

그의 이야기

그날 밤—
처음 그녀의 손이 내 손에 가득 차는 순간,
마치 마지막 퍼즐 조각을 맞춘 듯한 전율이 일었다.

his story

That night,
when her hands filled every crevice of mine,
there was a sense of completion.
Completion, like the last piece of a puzzle had been found, and fit in its rightful place.

머리를 쓸어주는 손길
Comb My Hair

그의 이야기

그녀의 어여쁜 손끝으로
내 머리를 아래에서 위로 천천히 쓸어 올릴 때

머리칼 한 올 한 올의 감각이 민감하게 살아나는 것 같았다.

his story

When her dainty fingers comb my hair in a slow and steady motion,
each strand of my hair feels revived, alive.

24

그녀의 이야기

그의 서툰 손끝이 머리칼에 닿자마자
가슴이 간질거렸다.

머릿결 사이로 스치는 그 미묘한 떨림이
날 더 알고 싶다고, 더 만지고 싶다고 조심스레 속삭이는 듯해서.

her story

His uncertain fingers graze my hair, sending my heart racing.
A very slight tremor courses through his fingertips,
and whispers to me, "I want to get to know you better, I want to feel you more."

27

그의 이야기

어쩜 이렇게 보드라울 수 있을까.
네 볼의 느낌과 같은 질감의 무언가를
지니고 다닐 수 있다면
소원이 없을 것 같아―

his story

I'm in awe of the softness of your skin.
If only I could have this softness for good.

그녀의 이야기

살짝 건조한 듯 얇은 느낌.

왜 내 살갗을 만질 때보다
네 살갗을 만질 때의 느낌이 더 좋은 걸까.

her story

Slightly dry to the touch, lightly translucent to the eyes.
I would rather have my hands on your skin than mine.

그의 이야기

내 귀에 닿는 너의 작은 숨결 하나하나를 느끼기 위해
모든 감각이 귀에 모인 듯했다.

유난히 달뜬 날숨에, 정신이 아득해졌다.

his story

All my senses were focused on my ears, so that I may not miss the sound of your breath.
On a particularly sharp gasp,
I felt my mind was lost, lost in an abyss.

그녀의 이야기

나지막이 가라앉은 목소리와 함께
귀 끝에 살며시 닿은 입술의 감촉은
상상했던 것보다 더 부드러웠다.

네 입술의 온도 때문인지,
내 귀의 온도 때문인지,
닿은 곳이 빠알갛게 데는 것만 같았다.

her story

The gentle murmur of his low voice filling my head,
his soft lips lightly brushing against my ear.
Maybe it was his lips, or maybe it was the heat,
but I felt hot and feverish wherever his hands landed.

빗소리
Rainy Mood

그녀의 이야기

비 내음, 린넨의 감촉, 체온,
그리고 빗소리에 섞인 그의 숨소리.

her story

The smell of the rain, the feel of the linen,
the heat of your body.
The sound of your breathing between the gentle plop,
plop of the rain.

그의 이야기

빗소리 위에 엎어진 그녀의 가느다란 숨소리는
세상 어떤 음악보다도 감미로운 화음 같다.

his story

The harmony between the sound of your delicate breaths
and the raindrops is the greatest symphony.

그의 이야기

목에서 등으로 흐르는 곡선,
땀에 젖은 잔머리 사이
나만 알고 싶은 작은 점까지—

나의 시선과 숨을 잠시 붙잡아두는 예쁜 것들.

his story

The curve flowing from your neck to your back,
the tiny, secret little mole covered by your sweaty hair…
Your every detail takes my breath away.

그녀의 이야기

조용히 다가와서는
내 목에 얼굴을 파묻은 채 한참을 가만히 있는 널 보면
마냥 사랑스러운 리트리버 같아.

her story

You are beyond adorable,
when you come to me and gently nuzzle your head between my neck and shoulder.

나의 팔

Your Arms

그의 이야기

그녀의 길고 얇은 손가락 끝마디들이
팔꿈치부터 서서히 팔을 타고 올라왔다.
어깨선까지 다가온 온기에
잠시 호흡을 잊고 말았다.

"네가 만져주면 나도 몰랐던 곳들의 감각이 깨어나는 것 같아."

his story

Your thin fingertips climb all the way up my arm,
between my elbow and shoulder, they escalate and descend,
making me forget how to breathe.
Your touch wakes up the deepest parts of me that I had not known of.

그녀의 이야기

꼬옥 끌어안은 너의 팔이
참 따뜻하고 듬직해서,

문득 이 팔에 가득 안겨보고 싶다는 생각을 했어.

her story

Your warm and strong arms,
linked with mine and held to my chest····.
They fill me with thoughts of being entirely wrapped in their warm embrace.

그의 이야기

무더운 여름의 끝자락,

어느새 선선해진 밤공기와
풀벌레 소리—

차가운 맥주와 어우러지는 너의 따뜻한 체온에
기분 좋게 취하는 밤

his story

The end of a sweltering summer
A cool night breeze, singing insects in the distance
The warmth of your skin on mine
And the chill of a cold beer—
An evening of blissful intoxication

그의 이야기

네 허리를 타고 미끄러지는 실루엣은
세상 어떤 곡선보다 더 완벽해.

his story

My eyes follow the line that
descends toward your waist.
To the silhouette
that forms a perfect,
flawless curve.

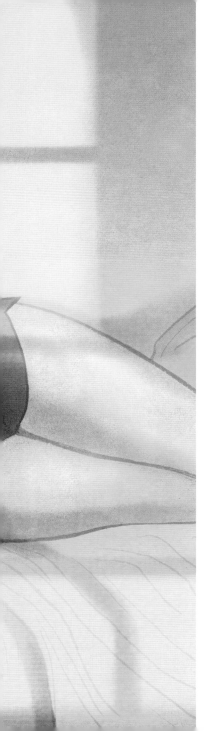

그녀의 이야기

네 시선이 내 어깨를 타고 흐르다가
허리춤에서 천천히 맴도는 것을 느낄 때.
손이 닿지 않아도 간지러운 듯,
미묘하게 긴장이 돼.

her story

Your gaze traces my outline
to linger on the curve of my waist,
making my skin quiver,
my heart flutter.

그의 이야기

조그맣고 가녀리지만
그저 말없이 지친 마음을 달래주는
포근한 너의 어깨.

his story

Refuge is found, peace is discovered
An all-accepting silence
In the warmth of your small, narrow shoulders.

그녀의 이야기

때론 백 마디 말보다,
가만히 내어준 넓은 어깨에
더 큰 안도감을 느껴.

her story

Comfort is found, relief is discovered
More meaningful than a thousand words
In the expanse of your broad,
steady shoulders.

그녀의 이야기

깊게 들어온 그의 팔에,
맞닿은 체온에

순간 아찔해졌다.

her story

An excited quiver, a surprised gasp escaped me,
when your arms encircled my waist,
and your warmth enveloped me.

그의 이야기

그녀를 감싸도 좋을지,
행여 놀라지는 않을지.
한참을 망설이다가 안은 그녀의 허리에서
작은 떨림이 전해졌다.

his story

Prolonged hesitation,
of whether I should extend my arm;
I felt a soft tremor,
when my arm cradled your waist.

가만히 널 보고 있으면
어쩜 이렇게 사랑스러울까—
그런 생각을 해.

When I look at you,
I wonder,
How are you so lovely?

그녀의 이야기

등에 맞닿은 너의 부드러운 온기에
내일의 걱정이 모두 녹아 사라진다.

her story

Against my back,
you exude the warmth that
melts tomorrow's troubles.

등에 닿은 무게
The Weight Against My Back

그녀의 이야기

너에게 안겨 있지만
왠지 내가 널 안아주고 있는 기분.

등 뒤에 가만히 기대어 오는 너의 무게가
오늘은 왠지 안쓰럽다.

her story

It's me in your arms, but it's you in my embrace too;
the weight of you against my back is unusually sad today.

낮과 밤의 온도 차이만큼
더욱 따듯해지는 너의 온도.

Your body feels ever warmer as the nights get colder.

일교차 2
Time of the Year
of Warm Days and Chilly Evenings

"네 체온은 36.5도가 아니라
38도 즈음은 되는 것 같아."

"이런 날, 손이 더 차가워지는 너에게
나누어주려고 그런가 봐."

"It feels as though
your body temperature is
set to 38, not 36.5."

"Perhaps
that is so I can share a few degrees of warmth with you,
on a shivery night like this."

무릎 1
Knees

그녀의 이야기

참 신기하지.
네 무릎 위에 머리를 누이면
무거운 머릿속이
한결 가벼워지는 게.

her story

How strange it is that my head
should feel so much lighter and clearer,
resting on your knees.

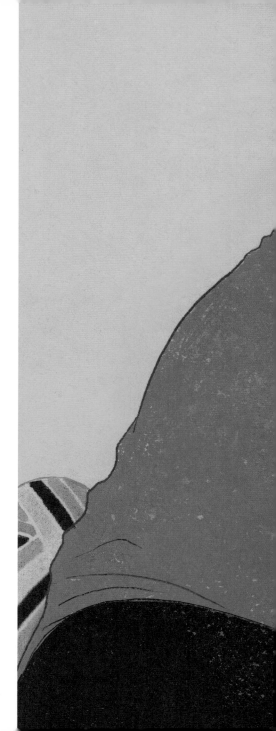

그녀의 이야기

조심스레 생채기에 연고를 발라주는
그의 섬세한 손끝에서 전해진 떨림이
무릎을 타고 가슴 안쪽까지 흘러들었다.

살갗을 간지럽히는 미끌한 감촉에
어느새 통증 따위는 까맣게 잊어버렸다.

her story

Gently, you apply ointment
to a little wound on my knee.

The tremor of your fingertips
stir something inside,
making the sense of thrill harder to ignore than
the stinging on my knee.

잎새도 노을도
너를 향한 마음도
선연한 진주홍빛으로 물드는 계절.

A season when autumn leaves,
fall sunsets and my unwavering feelings for you
all cascade into hues of brilliant orange.

잠든 얼굴
You Are Asleep

그의 이야기

잠든 너의 얼굴은 정말 사랑스러워.

살짝 벌어진 입술 사이로 달싹대는 숨소리,
베개에 눌린 볼,
잠결에 찡긋거리는 미간.

모든 게 귀여워서 한참을 바라보다 잠이 들곤 해.

his story

How enchanting you are, asleep.
The rhythm of your breath between your parted lips,
your cheeks pressed against the pillow.
the crinkle of your forehead.
Everything is so lovable, my eyes linger a while
before I fade away to sleep.

그녀의 이야기

잠든 너의 얼굴은 정말 사랑스러워.

손끝에 네 눈썹이
한 올 한 올 닿는 감촉도,
스치면 살짝 삐죽이는 눈썹의 곡선도,
작게 오물거리는 입술도.

모든 게 사랑스러워서

가만히 계속 만져보게 돼.

her story

How enchanting you are, asleep.
The feel of each flutter of your eyelashes,
the crease of your brows at my touch,
the purse of your lips.
Everything is so sweet, my fingers long to linger.

목의 온도
At Your Neck

그의 이야기

네 목에 얼굴을 파묻는 이유.

얼굴을 감싸는 뜨거운 온도,
잔잔한 맥박 소리,
코끝을 간지럽히는 은은한 체취에

몸이 나른해진다.

his story

The reason I nuzzle at your neck.

I am at total peace,
by the warmth of your heat shrouding my face,
the gentle thump of your heart beating,
and the subtle,

nose-tickling smell of your skin.

그녀의 이야기

장갑을 끼기에는 이르고 손끝은 한없이 차가워지는 날,
네 목덜미에 손을 녹이곤 했지.
갑작스레 닿는 냉기에 곤혹스러울 텐데,
내 손을 거부하지 않고
가만히 목에 품어주는 너의 마음이
목의 온도보다
더 뜨겁게 나를 품어주는 것 같아서 말이야.

her story

On an early winter day
a little too soon for gloves,
my cold fingers find warmth along your neck.
You must have been surprised by the sudden chill,
but you let me nestle my hands there...
Keeping me warm,
not just with your body heat,
but with your kindness.

"너와 내 사랑의 유통기한은 언제까지일까.
가끔 그런 쓸모없는 불안에
마음이 애달파지곤 해."

Sometimes I sit and wonder if
you and I have an expiration date.
And such silly ponderings leave my heart aching.

그의 이야기

그녀의 무릎을 베고
아이처럼 몸을 맡겼다.
그녀는 정성스레 내 귀를 매만졌고,
그 사소한 순간을 즐거워했다.

내겐 무척 생경한 느낌이었고
아프지 않을까 조금 긴장도 했지만,

나를 온전히 맡긴 그 순간, 부드럽게 번진 그녀의 미소에

그저 마냥 행복했다.

his story

I gave myself to her,
as a child would to his mother.
She cleared a very personal part of me,
and was pleased to do so.

It was something new,
and I worried it might hurt;
but the moment I put myself at her mercy,
and saw her give such a genuine smile,
I felt happiness—sheer, sincere happiness.

그녀의 이야기

내 손톱을 다듬어보고 싶다는
너의 별스러운 제안에
왠지 사랑받는 기분을 느꼈다.

조심조심 매만져주는 너의 커다란 손이
평소보다 더 따듯하고 듬직하게 느껴져서
설레기도 하고 말이야.

her story

Asking to file my nails was a quirky request,
but one that made me feel loved.

I won't deny the flutter of butterflies in my stomach
as your large hands so gently,
warmly caressed my own.

그의 이야기

귤의 찬기가 남은 내 손끝에
따뜻한 네 입술이 포개어지는 순간의 감촉을

어떤 말로 표현할 수 있을까.

his story

No single word can sufficiently describe
the sensation I feel at the tips of my fingers
when coolness of the clementine pieces
overlap with the warmth of your lips.

그녀의 이야기

마알간 피부 위에
물방울이 송골송골 맺혀 있을 때,

가느다란 속눈썹과 까만 머리칼이
여린 물기를 머금고 있을 때,
그때의 네 얼굴이 참 좋아.

her story

When I see droplets of water on your clear, gleaming skin,
When I see your long lashes and dark hair still glistening,
I adore how you look.

Part 2

Love is touch

사랑은 매일 이렇게, 너에게 닿고 싶은 마음.

"세상에서 가장 안온한 곳."

Your embrace—the serenest,
most comforting space of all.

그런 순간
That Moment

그녀의 이야기

사랑받는 것이 이렇게도 따듯했던가— 싶은 순간이 있다.

"얼굴을 더 보고 싶어."라며
조심스레 귀 뒤로 머리카락을 넘겨주던 그 손끝이 참 다정할 때,
나를 바라보는 눈빛이 한없이 달콤할 때.

그런 당신의 사소한 손짓과 눈빛만으로도
마치 미온수에 몸을 담근 것처럼 따듯했던 순간들.

her story

There comes a time when you wonder,
was the feeling of being loved this tender?

Like that moment when you whispered,
"Let me see more of your face,"
and tucked my hair gently behind my ear,
or that moment when your little gestures
and brief glances bathed me in a warm and soothing glow.

그녀의 이야기

입을 맞출 것처럼 가까이 다가온 얼굴에 살포시 눈을 감았는데
코끝에 가볍게 입맞춤하곤 지긋이 바라보던 네가 물었다.

"코에 키스하는 게 무슨 의미인 줄 알아?"
"뭔데?"
"네가 너무 소중하다는 의미야."

그 미소를 머금은 예쁜 대답이, 그 기억이 지금도 생생해.

her story

I cast down my eyes when you brought your face close as if to kiss me.
Instead, you gave me a peck on my nose.
And holding my gaze, you asked,
"Do you know what a kiss on the nose means?"
"Hmm?"
"It means to me, you are so dear."
That moment of such a sweet answer, of such a tender smile,
is on an infinite loop in my head.

그의 이야기

입술이 맞닿을 때와는 조금 다른 감촉—

콧방울 끝에 수줍게 묻은 상냥함을
여린 템포로 지긋이 느껴본다.

his Story

Like a kiss, not like a kiss—

Feeling the soft tempo of your affection converging on the tip of your nose.

그녀의 이야기

내 몸이 너에게 밀착되어 있는 느낌이 너무 좋아서,
이대로 자석처럼 붙어버렸으면 좋겠다는 생각을 가끔 하곤 해.

이런 내가 조금은 성가시지 않을까 하는 우려에
"무거우면 내려갈게."라고 말을 건네면

"그냥 있어."라며, 가만히 받아주는 너의 그 다정함이 정말 좋아.

her story

This closeness makes me happy,
and I sometimes wish you'd be glued to me.

But worried you might be annoyed, I say,
"I'll get off if I'm too heavy."

...I love the warmth with which you softly reply,
"It's ok. Stay."

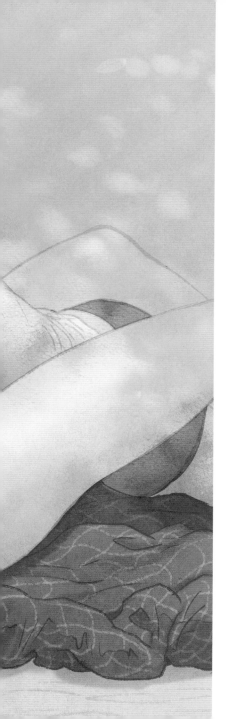

그의 이야기

가끔 너의 심장 소리를 듣고 싶은 날이 있어.
가만히 얼굴을 묻고 귀를 대면
점점 선명히 들려오는 소리, 귓가를 툭툭 건드리는 미세한 고동,
그리고 가만히 나를 품어주는 부드러움,

이 모든 게 내게는 가장 좋은 신경안정제가 되어주거든.

his story

Some days I just want to lie and listen to the sound of your heartbeat.
I place my ear close to your chest and close my eyes;
and the gentle thumps grow steadily louder,
the pulses cause your chest to bump against my ear.
and your arms couldn't feel any softer…
All of the sensations blend together and I'm put in a trance-like daydream.

그의 이야기

내가 옷을 갈아입으면 그녀는 어김없이 다가와 여린 간지럼을 태우며 내 표정을 살피곤 했다.

그녀의 손끝이 스치는 곳에 어쩐지 힘이 바짝 들어갈 때면
"아냐, 폭신한 게 좋아."라며
짓궂은 눈빛, 잔망스런 입꼬리로
살짝 지어 보이는 새초롬한 미소가 더없이 사랑스러운 너.

his story

Catching sight of me changing, she would scurry over to tickle me, searching my face for my reaction.

Listening as she whispered, with a mischievous look and a smirk,
"I like you squishy."
I would tense where her hands grazed me... ending in a heart in a wild overdrive.

그녀의 이야기

그가 옷을 벗을 때면 쪼르르 달려가 맨살에 간지럼을 태우곤 했다.

그 보들하고 따뜻한 살갗을 손끝으로 헤아리고,
손바닥으로 가늠해보는 것이 좋았다.

그러다 보면 어느새 힘이 들어가 수축된 그의 배와
도돌도돌 일어난 닭살이 어쩐지 귀여워서
자꾸만 웃음이 났다.

her story

Catching sight of him undressing, I would always patter over to tickle him.

I adored running my fingertips against his silky, warm skin,
And wondering about the number of hands it would take to cover all of him.

I couldn't stifle a giggle as I watched him tuck in and flex his stomach,
And as little goosebumps spread across his skin.

"짓궂기는."

Naughty boy.

고단한 하루를 마치고

맥주 한 캔과 함께
서로의 시시콜콜한 일상을
두런거리며 나누는

그런 밤.

점심에 무얼 먹었어? 오늘은 별일 없었어?
같은 사소한 질문들이,
단조로운 내 일상의 단편을
물어주는 너의 그 작은 관심이

괜스레 고마운 그런 밤.

A night,
sharing the small details
of the day
over a can of beer.

What did you have for lunch?
Anything out of the ordinary?

A night,
where your small interest
in my daily affairs
makes me so grateful.

…Where a pat on the back
is the perfect end to the day.

공기마저 상냥한 계절.

흐드러진 벚꽃 나무 아래에서는
들숨도 달다.

A season of tender breezes.
Even the air itself is sweet,
underneath the petals of cherry blossoms dancing in the wind.

매년 피는 꽃인데도 항상 설레는 것처럼,
매년 같은 장면인데도 항상 새로운 것처럼

매년 천진한 얼굴로
찰나의 봄을 담아내는 너의 모습은
항상 싱그럽다.

The same flowers,
yet they always tug at my heart.
The same scenery,
yet somehow it always feels different.

The same you, but all you do feels fresh and new…
Even the sight of you trying to preserve a fleeting moment.

A new spring; the same lovely you.

가끔, 내가 너의 눈높이보다 위에 있을 때―

시선 아래에 있는 너를 바라보는 게 좋아.
내 신발 끈을 다정하게 묶어주거나
한 계단 아래서 나를 살포시 안아주거나― 그런 순간에.

Sometimes, when I'm standing above you—

I like where you are, beneath my gaze.

Especially when,
You tie up my loose shoelaces,
Or embrace me from a step below.

항상 내 시선 위에 있던 네가
나를 올려다볼 때의 그 눈망울, 얼굴은

어쩐지 평소보다 더 사랑스러워 보여.

You are most times above my gaze,
So when I see your eyes looking up at me,

I find you beyond adorable.

그녀의 이야기

사실 나는 네 얼굴에서
귓불을 만질 때가 제일 좋아.

말랑하고 보드라운 결이
마치 아가의 살처럼 사랑스럽게 느껴지곤 해.

her story

The soft, fleshy feel of your earlobes
reminds me of a baby's delicate, velvety skin—
Making them one of my favorite parts of you.

햇살처럼 따사로운 사람.

Someone as warm as the rays of the sun.

어루만져주세요
Place Your Hands on Me

그의 이야기

나를 보는 눈빛은 '사랑한다' 속삭이고,
어루만져주는 손길은 '소중하다' 얘기한다.

"왜 그렇게 사랑스럽게 바라봐?"
"행복해서."

his story

Your gaze whispers, "I love you."
while your hands caressing me murmur, "you are dear to me."

"Why are you looking at me like that?"
"Because I am happy."

그녀의 이야기

잠들기 전에
이마에 가볍게 키스해줘.

그 작은 몸짓 하나로
사랑받는 느낌을 가득 채울 수 있거든.

her story

Just a peck on my forehead please,
before we fall asleep.

Because, although it's a small gesture,
it makes me feel incredibly loved.

토닥토닥—
괜찮아, 다 괜찮아질 거야.

"네가 내 옆에 있어주면 다 괜찮을 것 같아."

Comfort.

"Don't worry, everything will be all right."
"With you by my side, I feel like things will work themselves out."

심장이 마주 닿으면
Feel Your Heart Beat

너를 품에 꼬옥 안으면
나를 두드리는 너의 심장이 느껴져.

서로의 가슴에 맞닿은
고동의 리듬이 비슷해질 즈음에는

마치 너와 나의 시간이
같이 가는 것만 같아.

포옹이란,
서로의 심장과 시간이
하나로 포개지는 것—

When I wrap you in my embrace,
I can feel your heart beat against mine.

When their rhythms start to perfectly align,
it's like the timelines of your life and mine converge,

Being in each other's arms is the act of two hearts becoming one, two timelines becoming one.

너를 뒤에서 안을 때면
Back Hug

"미안해."
그의 여린 음성,
애틋한 온도에
얼었던 마음이 녹아내린다.

"I'm sorry."
His quiet voice
and apologetic warmth
free my wounded heart.

반칙.

This apology is no fair.

계절의 경계를 수놓는 꽃.

A flower
weaving the boundaries
between seasons.

당신이 지금 이 순간,

나를 그 무엇보다
가장 소중한 존재로 여긴다고
알려주고 싶을 때는

In this moment,

If you want to tell me
You value me most in the world,

닿음
On My Hand

아무 말 없이 그저
손등에 가볍게 입을 맞춰주는 것,

그거 하나로 충분해요.

You need not say anything,
Just give me a kiss on my hand.

Because that's all I need.

무의식중에도
어느새 살갗이 닿아 있을 때,

그게 불편하지 않고
그저 따뜻하고 편안할 때—

그리고 그게 너라는 것이
새삼스레 신기했어.

문득 잠에서 깼을 때 닿아 있는 촉감에
자연스럽게 익숙해진다는 건

참 소소한 행복이야.

To have you there next to me
Tousle-haired and half awake...

You feel warm, so soft,
And there is no sense of discomfort—

And to know it's you,
Of all people...

I can call it happiness, at its most genuine,
To have you there, so familiar,
Just as I'm rising from sleep.

"네 발이 차가워진 걸 보니 이제 정말 추워지려나 봐."
계절의 온도 차이를 발끝으로 가장 먼저 느끼는 나는,
커다란 두 손으로 내 발을 감싸 쥐고 조물거리는 네가
너무나 예쁘고 너무나 고마워서
사람이 어쩜 이렇게 따뜻할 수 있을까— 생각하면서도,

아무래도 울퉁불퉁 예쁘지 않은 발을
서슴없이 네게 맡기는 건
역시 조금 부끄러운 것 같다고,
그럼에도 불구하고 아무 망설임 없는
너의 자상함 때문에
더욱 온기를 느끼는 걸지도 모르겠다는 생각을 하지.

그리고 또 생각해.
시간이 많이 지나서도 이런 계절이 오면
네가 지금처럼 내 발을 소중히 감싸주면 좋겠다고.
양말을 건네는 대신에
조금 수고로워도 말이야.

I know colder weather is coming when your feet need warming up...
My feet react first to the dropping of temperatures,
and when I see you wrapping your large hands around my feet,
caressing them, warming them,
I wonder how a person can be so sweet.

At the same time,
I feel a bit shy about placing my rough and battered feet in your hands,
but maybe that's how I can feel closer to you.

And I think to myself,
After years have passed and yet another winter is upon us,
I hope you will be here, hands cupping my feet.
Even if it's a bit more work
than passing me a pair of socks.

비 오는 날에는
너와 마시는 술 한잔이 유난히 달다.

빗소리에 어우러진 네 목소리도
달콤하고 말이야.

On this rainy evening,
the drink I sip with you is sweeter than any other.

새벽 낮음
Dawn

새벽을 좋아해.

고요에 젖은 세상의 내음과
푸른빛으로 물든 공기 속의 네 살결에
서서히 취하는 이 순간을,

너와 함께 새벽에 안긴
이 순간을 말이야.

Dawn.

I love…
the scent of a neighborhood waking from a night of slumber,
and the intoxicating feel of you, warm in this chill of the break of dawn.

148

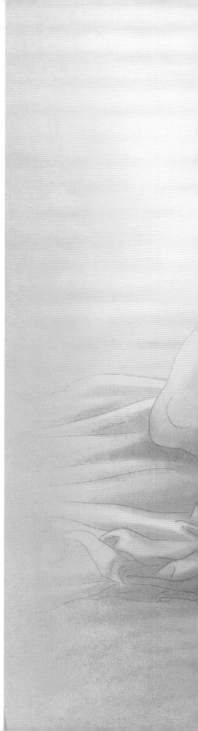

아침에 눈을 떴을 때
When I Open My Eyes

그의 이야기

눈을 뜨면 가장 먼저 보이는 것이
너라는 사실에 감사한 아침.

헝클어진 머리카락과
살짝 오른 부기가 눈과 볼에 남은 채로
쌔근쌔근 숨을 쉬는 네가 그저 귀여워서

나도 모르게 미소를 머금고 한참을 바라보게 돼.

his story

In the first rays of the morning, when I open my eyes, I see you;
the tangled hair, the ever-so-slightly puffy cheeks and eyes, the steady breathing.
It's so endearing, I lay and watch for a while... Thankful to start my day off with a smile.

그녀의 이야기

눈을 뜨면 가장 먼저 보이는 것이
너라는 사실에 감사한 아침.

무방비한 네 얼굴이
마알간 어린아이같이 귀여워서
볼에 하염없이 입을 맞추고 싶어져.

her story

Thankful that you're the first thing I see when I wake up in the morning.

You look so unguarded, so innocent,
I want to kiss you and kiss you again all over your cheeks.

"Good morning."
하루의 시작은 달콤한 너의 목소리로부터.

"Good morning,"
Starting my day with the sweet sound of your voice.

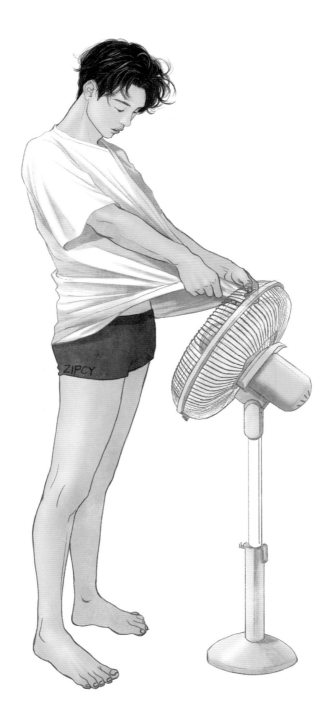

코발트블루빛 공기.

Cobalt blue air.

그의 이야기

기념일이라는 게 어쩐지 유난인 듯싶다가도

초콜릿보다, 다른 선물보다
너의 소중한 마음을 새삼 다시 받는 기분이 들어서―
그래서 좋은가 보다.

his story

A part of me knows all the fuss is unnecessary on this day,

but I like it still, because you express your love for me,
and that is something better than any amount of chocolate,
any expensive gift.

그녀의 이야기

이런 날에는
캐럴이 울리는 거리의 데이트도 좋지만,

어쩐지 나는
따듯한 전기담요 안에서
자상한 네가 주는 귤을 먹으며
함께 포개어 늘어지는 게
더 좋은가 봐.

her story

A stroll along the decorated,
carol-filled streets would be delightful,
but I would still rather be nestled in my warm blankets with you,
idling the afternoon away snacking on the clementine pieces
you put in my mouth.

가장 좋아하는 시간
Our Most Favorite Time

너와 함께 노을을 보는 순간.

Our most favorite time
Sunset with you.

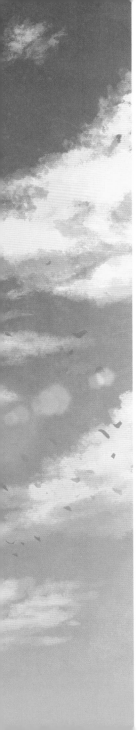

그녀의 이야기

가을 하늘이 참 아름답다며
가만히 눈에 담는
너의 옆모습을,
빛으로 물든 눈동자를 사랑해.

her story

I'm enamored
with the sight of you looking out and breathing in the gorgeous fall sky,
with eyes reflecting the brilliant colors.

저녁 산책
Sunset

그의 이야기

해 질 녘,
노을에 물드는 너는 너무나 아름답다.

his story

Sunset.
Strolls with you around dusk is my favorite time of the day.
Fading with the rays of the sun, you look so beautiful.

처음 맞닿은 입술 끝에서 전해졌던 그 떨림, 온도.
유난히 부드러웠던 모든 감각을 여전히 기억하고 있어.

Memories of the first kiss
Forever in my mind
is the feel of that first kiss:
the trembling, the heat,
the particular softness.

Part 3

Special page 01

주인공들의 눈빛에 담긴 애정과 연민을 느껴보세요.

Part 4

Special page 02

집시의 작업 과정을 엿볼 수 있는 페이지입니다.

1. 골격과 레이아웃을 러프하게 잡은 후 인물의 윤곽을 그립니다.
2. 어색한 부분이 있으면 여러 번에 걸쳐서 자세나 얼굴의 각도를 수정합니다.
3. 좌우 반전하여 비교하면 실수한 부분을 더 잘 체크할 수 있어요.
4. 남자 주인공의 신발을 신겼다 벗기기도 하고 고개의 각도를 이리저리 바꿔본 후 구도를 잡아갑니다.
5. 자세나 전체적인 부분의 검증이 끝나면 디테일한 부분을 진행합니다.
6. 손과 발은 디테일을 진행하기 전에 마디 부분을 표시하면 작업이 훨씬 수월해집니다.
7. 그와 그녀의 얼굴이 탄생하는 과정입니다.
8. 남자 주인공은 러프하게 그린 후 근육과 살을 입히고 이목구비를 조절하면서 디테일을 완성해갑니다.
9. 여자 주인공의 눈빛을 좀 더 온화하게 표현하고 속눈썹을 묘사합니다.
10. 머리카락은 한 올 한 올 섬세하고 풍성하게 묘사합니다.

11. 스케치가 끝나면 채색 작업을 진행합니다.
12. 기본 톤을 잡아주고 명암과 하이라이트를 묘사합니다.
13. 배경을 칠합니다.
14. 그림자나 파티클을 묘사한 후 전체 톤 보정을 합니다.
15. 사용 도구_신티크 Pro(Cintiq Pro), 포토샵CC(PhotoshopCC)

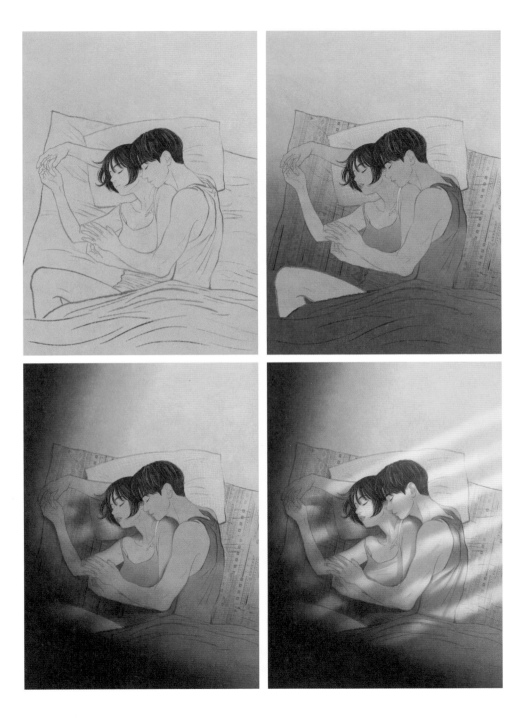

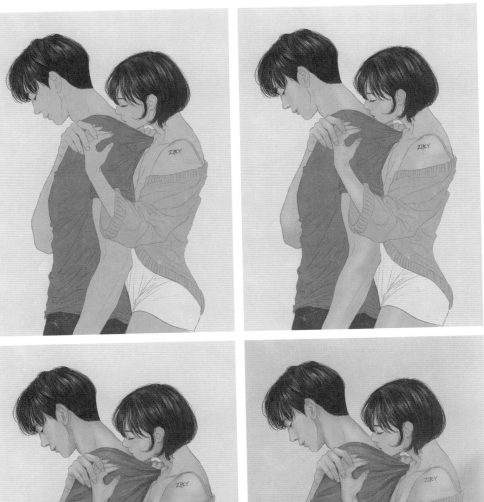
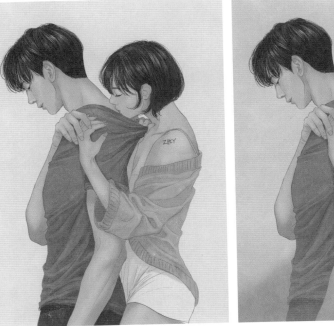

에필로그
Epilogue

일러스트레이터로 일하기 시작한 지 아홉 해 만에 첫 단행본이 나오게 됐습니다. 이 일을 시작했을 때 십 년 후에는 뭐라도 되어 있겠지— 하고 막연히 생각했는데 정신없이 달려오다 보니 그 막연한 숫자가 코앞에 다가왔고, 천천히 다듬어지는 과정이 지난하면서도 퍽 즐거웠어요.

〈닿음Touch〉은 일 년 반이라는, 짧다면 짧았고 길다면 길었던 시간 동안 그려온 네이버 그라폴리오 연재물입니다. 처음 연재 제의를 받았을 때 이렇게 긴 호흡의 시리즈물을 그려보지 않았던 터라 걱정이 많았습니다.

다작과는 거리가 먼 게으른 일러스트레이터인 제가 '스킨십'이라는 한정적인 주제로 일 년 동안 백 점에 달하는 그림을 그릴 수 있을지, 그림의 소재가 고갈되지는 않을지, 비슷한 화풍이 반복되어 지루해지지는 않을지 등의 우려들로 연재 시작 전부터 앓았습니다.

그런데 사람이란 참 신기하더라구요. 막상 어려운 상황이 닥치게 되면 그것을 타개하려고 무던히도 애쓰게 돼요. 물론 그 과정이 순탄하지만은 않았으나, 결과적으로 저는 〈닿음〉 덕에 분에 넘칠 정도로 큰 관심과 사랑을 받았고, 많은 응원과 격려 속에서 무사히 완주하여 성장할 수 있었습니다.

〈닿음〉을 그리게 된 계기

〈닿음〉은 연인과 살이 맞닿는 순간에 대한 이야기입니다.

사랑하는 사람의 살갗이 마주 닿는 순간 서로의 온기가 스며들어 쾌감과 안온을 느끼게 돼요. 고된 하루를 보내고 추운 마음으로 돌아와도 연인이 따스하게 안아주면 이내 안정을 되찾게 되는 것처럼 우리의 몸과 마음에 신비한 화학반응이 일어납니다.

또한 지나간 관계에서 남는 것은 지나간 사람에 대한 미련보다는 그 시절 함께 나누었던 감정과 온기에 대한 그리움이고, 현재 관계에서 더없이 소중한 것도 지금 상대방과 함께 나누고 있는 감정과 온기라고 생각합니다.

그런 찰나들을 잊지 않고 두고두고 꺼내볼 수 있도록 고이 간직하고 싶었습니다. 그것이 〈닿음〉을 그린 첫 번째 이유입니다.

그동안의 연애물은 착하고 건전한 순정물, 아니면 성인물로 양극화되어 있다고 생각했어요. 저는 센슈얼sensual과 섹슈얼sexual의 아슬아슬한 경계선에서, 말초신경을 자극하는 에로틱함이나 편안한 건전함보다는 묘한 긴장이 감도는 순간을 온화하게 풀어내고 싶었습니다. 그래서 더 다양한 연령층이 향유하기를 바랐던 것이 두 번째 이유입니다.

그림에 대하여

독자분들이 주인공들을 보면서 간접적으로 '감촉'을 느끼실 수 있다면 좋겠다고 생각했습니다. 그래서 표정이나 몸짓을 그릴 때 많은 고민을 통해 디테일을 살리려고 노력했고, 실재감을 위해 평소 스타일보다 더 극화체로 접근하다 보니 모델이 따로 있냐는 질문을 가장 많이 받았습니다.

얼굴은 평소에 제가 좋아하는 인상으로 상상하여 그리고 있고, 인체도 뼈대부터 잡으면서 살을 붙이고 옷을 입힙니다. 해부학을 완벽하게 공부한 게 아닌지라 미흡한 점이 많은데 그림적 허용 효과인지 다들 자연스럽게 봐주신 것 같아요. 종종 인체 지식의 한계에 부딪히게 되면 남편을 세워놓고 어색한 레퍼런스 사진을 찍어 참고했습니다. SNS에 부부 레퍼런스 B컷을 공개했을 때 그 반응이 뜨거웠던지라 책에도 실어볼까 고민했지만 책의 전반적인 색깔에 얼룩이 될까 저어되니, 제 SNS 계정 어딘가에 업로드되어 있다는 정보만 소심하게 흘려봅니다.

다른 무엇보다 '사랑에 푸욱 빠진 눈빛'을 표현하는 데 가장 많은 시간과 공을 들였습니다. 사람의 인상이라는 것이 오묘해서 동공의 위치나 각도, 눈꺼풀이나 속눈썹의 모양에 따라서 생생한 눈빛이 되기도, 무미건조한 눈빛이 되기도 합니다. 아주 사소한 차이로 감정이라고는 전혀 느껴지지 않는 초점 없는 인상으로 바뀌기도 하고요. 독자분들이 주인공들의 눈빛에 사랑이 가득하다고 피드백해주셨을 때 내가 신경을 쓰고 정성을 들인 만큼 전달되는구나, 라는 것을 깨닫고 마지막까지 눈빛 표현을 가장 예민하게 작업했습니다.

그다음으로 공들인 부분은 색감과 구도입니다. 아무래도 주인공이 둘뿐이고 주제는 스킨십으로 한정되어 있는 데다가 스토리 흐름이 있는 시리즈물이 아니기 때문에, 반복으로 인한 지루함만은 피하고 싶었습니다. 그래서 비슷한 자세를 피하고 컬러 팔레트를 매번 다르게 써보려 노력했습니다.

물론 그렇다 해도 제가 그려오던 습관 때문에 종종 비슷해지기도 합니다만, '이건 전에 그렸던 그림이 아닌가? 왜 또 올렸지?'라는 느낌은 주지 않도록 경각심을 가지고 여러 시도를 했습니다. 그러다 보니 연재 초반의 그림과 후반의 그림이 많이 달라요. 모든 그림에 제 나름대로의 애착이 있어서 우열을 매기지는 않지만, 역시 한 단계 성장하는 계기가 되어준 것은 분명하기에 뜻깊은 시도였다고 생각합니다.

그 외에도 주인공들이 스킨십에 수동적인 자세를 취하기보다 능동적인 자세를 취하도록 했습니다. 어느 때는 여성 캐릭터가 더욱 강하고 듬직해 보이는 반면 남성 캐릭터가 연약해 보이도록 표현했어요. 독자분들의 사연을 채집하여 재구성해보는 기회는 제게 매주 따뜻한 선물 같은 시간이었습니다.

마치며

그동안 고되기도 했지만 즐겁게 달려왔고, 마침내 마침표를 찍었습니다.
미련이 아주 많이 남지만, 저는 〈닿음〉의 다음을 준비하기 위해 담금질을 해야겠지요.
처음부터 끝까지 저를 믿고 응원해주신 노장수 대표님, 그라폴리오 분들, 제 첫 책을 만들어주시고 언제나 묵묵히 응원해주신 박선영 대표님, 감각적인 번역으로 매주 도움을 주신 adrienne님께 감사드립니다.
부족한 제게 분에 넘치는 사랑을 주셔서 한 계단 오를 수 있도록 흔쾌히 손을 내밀어주신 많은 독자분들, 제가 무너질 때마다 다시 일으켜 세워준 소중한 가족과 친구들, 그리고 언제나 따뜻한 사랑과 영감을 주는 동반자님께 깊은 감사와 사랑을 전합니다.
감사합니다.

2018년 가을,
이 책이 당신의 마음을 다정하게 어루만져주길 바라며
일러스트레이터 집시

"사랑해요."

KI신서 7869

닿음 *Touch*

1판 1쇄 발행 2018년 11월 22일
2판 1쇄 발행 2021년 4월 12일

지은이 양세은 **펴낸이** 김영곤
펴낸곳 ㈜북이십일 21세기북스
영업팀 한충희 김한성
번역 adrienne **디자인** 어나더페이퍼 **제작팀** 이영민 권경민

출판등록 2000년 5월 6일 제406-2003-061호
주소 (10881) 경기도 파주시 회동길 201 (문발동)
대표전화 031-955-2100 **팩스** 031-955-2151 **이메일** book21@book21.co.kr

㈜북이십일 경계를 허무는 콘텐츠 리더

21세기북스 채널에서 도서 정보와 다양한 영상자료, 이벤트를 만나세요!
페이스북 facebook.com/21cbooks   **포스트** post.naver.com/21c_editors
인스타그램 instagram.com/jiinpill21   **홈페이지** www.book21.com
유튜브 www.youtube.com/book21pub

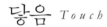 가지 않아도 들을 수 있는 명강의! 〈서가명강〉
네이버 오디오클립, 팟빵, 팟캐스트에서 '서가명강'을 검색해보세요!

ⓒ 양세은, 2018

ISBN 978-89-509-9492-1 03810